# 野の棺

内田正美詩集

Uchida Masami

澪標

内田正美詩集　野の棺　目次

## Ⅰ

ことばの海　6
カンダール　10
影　そして翳　14
ふかいぬま　あおいそら　18
夢の渚　22
ぐるぐる　24
野の棺　28
空箱　32
小さいピース（piece）　34

## Ⅱ

擬態する捕食者《ハンター》　40
飛べない鳥と地　42
ことばへのラブソング　44
迷い込んだのか隠れているのか　光の中　46

詩の余白に墜ちる　50
蝙蝠の夜　54
スクランブルするロードにて　56
時のすき間の挨拶　62

Ⅲ

Birds chirp　66
はねる　70
落ちる石　72
北の大地　74
あつくクレイジーなうた　77
トムとジェリーのいま　80
散歩　84
Coffee　どうぞ　86

装幀　森本良成

# I

# ことばの海

世界が欠伸して
次におおきなくしゃみしたとき
アが黒板から滑り墜ちて　見えなくなった
イもページからするりと抜けて
くるくる回りながら光のすき間に消えた
ウもエもオの文字も
バラパラと棚の書物の端から逃げた
偶然にうすれ始めた字がひとつの字に
意味を持とうとささやいたけれど
声に出されるのはイヤだと離れていった
文字は順番にうすれてよごれて

滲んで読めなくなって
端から真空のなかで壊れて消えた

世界が眠るあいだに
文字は
消えた先から　また泡のように生まれて
棚の上に積みあがる
ぼくは捜そうとする
文字のなかのことばのうらの
せつないもの　生まれようとするものを
厚い本のひとつの物語
薄い詩集の開かれたページの
ぼくの時間　誰かの時間
あっと言う間に
若さも艶めいた色彩も剥がれおちて
行方知れずの男や女

死者たちの声も消えた

いつの間にか海がひろがり
世界は偽りのことばの満ちる海
よせてはかえす波の音
浜辺で文字を拾う
汗に汚れたFoolな男　無骨な指で触れた
残渣
沈んでいたイの文字や
横向いたアの文字を
ちいさく声に出して

# カンダール

人ごみにまぎれてペナンの裏通りを歩く　活気にあふれて車のクラクションと　パンや魚の匂い　どこか海の匂い　マレー人や中華系の人々の人なつこい呼び声がする　その中を色とりどりの果物を天秤棒をしならせて運ぶおばさん　たちまち人ごみにまぎれてしまう
　天秤棒は農民にとっては豊かさを　しあわせを運ぶ便利なもので　商人にとっては利を量ることもできる

光ふる夢の中で　想像する　貧者の涙と富む

者の笑いの総量のいちじるしい不均衡のこと
を　ぼくは考える　祈りの言葉と現実の恨み
のかたちの軋む音のことを　死の満ちるしじ
までさえ　釣り合うことのない天秤のかたむ
き

生きることの逢瀬のような
いとしい人たちの混沌のうず
なにも量ることも
釣り合うこともない一瞬に
底のない蒼く深い淵を覗きこむ

ぼくは街角の食堂にいて　カンダールという
カレーを食べる

この喧噪のなかに聞こえるかすかな潮騒

空と海の間にいきなりクラック
蒼く深い淵の底で
潮流が激しくぶつかり
音は消える

# 影　そして翳

夜明け前　鳥たちがざわめいて
声をあげる
まだ　わたしはいない

いつの間にか　朝になり
うすく弱い　わたしがいる
いくつかの影にまざり　かさなり
お互いにゆれながらつよく
等身大に育ったすがた
蒼い空の下　小さい身体をいっぱいに使って
何かをさがして街をさまよう

野を歩く
雄たけびがあがり
ときに怒号が聞こえたり
モノトーンの海におちて
溺れることもある
空を見上げわたしをみうしなう
おどけたパントマイムに
ひとりふるえる
呪縛のそばでその翳も滲み
あなたが河原で空缶を蹴ったとき　きっと
乾いた音がしたと思う
もう弱々しく
長く伸びはじめたすがた
鈍い重力のなかで　見失う

あなたの中の闇の森

わたしは約束を忘れて
まだ知らない音楽のことや
遠い街のことを夢想する
すべてのことを　忘れてしまう
ゆっくり壊れていく
こみあげる声　こえを出そうとする
わたしは　あなたなので

すでに　鳥たちはねむった
それからは　はてのない夜に
青い月

# ふかいぬま　あおいそら

つめたいだいちの　するどいきれつ
ふかいわれめのそこに
あおくらい　ぬまがある　ぬま
ときに　おちてきたすいてきが
かがみのような　すいめんに
はもんをひろめる
水のとおいたびのおわり
あるいは　たびのはじまり
しずかななみが　ねむりを
ゆらせる
いのちの　こえは　すいめんのまだしたたに

ねむっている
おえつする
さよならのこえ
あかんぼうのなきごえ
こえ　こえのみえないむくろたち
みちていく　あふれていく
みずに　ちんでんする　おもいのおり
いしきのまくも　とおいきおくのそうもすぎて
ひかりのとどかない　ねむりのなかへ

たいせきするきおくの　ちそうの
はるかにうえを
ひとがあるく
まんいんのでんしゃがつうかする
できししゃがうちあがる
（いまも　ぬまは　あおいそらを　うつそうとしている

ぬまは　そらでもあるはずだ　）
ぼくの　水が
かすかにふるえる
だから　生きるために
ふかくふかくつるべをおろして
水を　くむ

# 夢の渚

なぜか　モノクロームの風景のなか
海辺をひとりで歩いている
波はよせているのに
不思議な静けさ
貝殻や　かどのとれた流木たち
ちぎれた海藻の小片
夕日のない空に
海鳥はとばない
散らばった小さな骨
うち捨てられ　埋もれかけた数々の骨片
砂浜はいのちのたどりついた

ついの住処
もう消えはじめた
ほのかなあかり
足まで波はよせるのに
濡れることはない

ああ！　これは夢
ゆめに違いない
すると　洗われていた
あれは　わたしが捨てた
わたしの骨
誰にも知られず
いつのまにか去った
きっと　静寂の棺に納められた
わたしの
ことばの骸《むくろ》たち

# ぐるぐる

同じところを回る
朝から夜まで　夜から朝まで
ぐるぐると
地球のことではない
地にはり付いたシミのような
その男のつまらぬ物語《はなし》
誰にも気づかれず　気にもされず
ひとまわり　次の日もまた同じように
ネットで地球の裏の暮しを盗み見る
そしらぬ顔して歩く
寝る　遊ぶ

同じところを
失敗もして　サクセスもあり
気にもせずに
鏡も見ずに
たまには思いがけない事もあって
道端のきれいな花に目をうばわれて
次に見た時は枯れていて
忘れようとして忘れることができないこともあり
空に見たことないような雲
ぼくは　ぼくを奈落の底へ突き落す
時間だって見えるときがある
もう消えてなくなるものもいる
冷たいビンの牛乳のんで
　毎日
　　　　　毎日
　　毎日

これがぼくのやり方
現実の世界の重力に堪えている
闇のなかでも目を凝らせて
ぐる　ぐる

# 野の棺

光のくる一点にわたしのこころは向かうが
わたしの体は闇へはげしく曳かれている
丘の上
林の中に古墳がある
木々の中に黒々とした岩肌が露出する
その下に岩を組んだ石室《いしむろ》と巨岩の棺の蓋
地へのふかい刻印は
富める者の権力のあかし
冷たい岩肌に囲まれた　息苦しく狭い空間に
埋められて長い時を眠った
朽ち行く骸《むくろ》　さみしい魂

勾玉　剣と馬具はすでに赤さびて
時の風にさらされている
死はいつだって心さみしい
そこにいる　nobody
風化し続けるこころの叫び
それはわたしの虚構
わたしの先祖の消えていった闇
魂は考古学者のゆめと入れかわり
安らかな眠りにつく
まだ見ぬ何者かによって
蒼く蒼い空深く埋められて

（生者は…　　　　　聖者　）
古墳の林を下りると
畑と住宅が広がっている
かすかに聞こえる　建設の槌音

チロチロと水の流れは住宅地へ下る
風の中にも子供達の声がする
水は小川となり流れ
生まれくるいのちと
死するいのちの
あわくまじわる地の上で
はてしない神々の無音の祝祭

夜　窓辺に灯がともる
天に輝く星座が移動をはじめる
音もなく開いたパソコンがたちあがり
カチ　カチャ
キーボードが鳴りはじめる
（こんにちは
　わたしのことばたち…　）
花として　種子として　棺にのせて

# 空箱

突然に届いた宅配便の重い箱
封を切ると
いい匂い　ぎっしり
つやつやの顔を並べたみかんの
行列　押し合いへし合い
（おや　これはきっとぼくたち）
器量の良い　甘そうな
真ん中のひとつをさっそく頂戴
家族みんなが食べたので
箱の中はすこし陥没
次の週はおよそ半分に凹んで

ふたはすこし開いている
匂いだけが部屋にながれ
ひとつに黒いカビがはえたので
捨てられた

ぼくはみかんに違いない
計られて化粧されて
ダンボールの舟で
エッチラ　オッチラ漕ぎだした
息苦しいがゆれ揺られ
やさしい風のことを思いだし
さようなら

かすかな匂いだけ残してもう何もない
何もなくなって
まっさらな朝がくる

# 小さいピース（piece）

夢のなかで女が薄く口紅をひくのを見た
　ときとして現実から仮構へ飛翔するピース
わたしたちは精密に巧妙に
あるいは偶然に　隠された小さいピースなので
だれも知らない
わたしも知らない
ただ地の上　そこにある
理由はない
わたしは夢のなかで女が薄く口紅を引くのを見た
女はなにか話そうとするが
わたしは聞えない

ときとして　仮構から現実へはげしく揺さぶられ
　墜ちてくるピース
どこにも居場所はないので
いつも不安定
とても静か　どこか不自然
仲間もいて　同じ太陽の下で汗をぬぐい
遠くにいても
同じように見あげたりもする
はるかな深淵
マチュピチュの遺跡
焼けつく太陽
鳥の骨格標本
どこまでも続くとうもろこしの畑
小さいいのちは　どこまでも微小なので
遠く遠くへ吹き飛ばされる
大都会の雑踏の中　夜の黒い海

地の上でもそこは宇宙
耳をすませば軋む音がする
世界が軋むのか　ピースが切れて壊れていくのか
はげしく揺れながら聞いている
男は醜いデスマスクを想像する

ゆるやかにピースをぬけて
世界はよせてくる波
光の渦
ヒトの想いはいつも熱い
すこし悲しい
増幅した二ュースとびかう
永遠はどこにもない
時は酷い
重層する死の翳　イメージの散乱
滅びることに理由はない

分解の速度
墜ちてゆくところは
測れない
口紅もデスマスクもない
そっと隠される
いなくなる

# II

## 擬態する捕食者《ハンター》

恐怖がコノハムシを限りなく
緑の木葉にした　背に葉脈までつけて
鳥の目から逃れるために
葉にまぎれてうごかない

どこにもいない
だれにもみえない
小さい虫がよってくる
捕食する

私の住む騒音にざわめく街の中で

たしかなものはなにひとつない
あるとしたら
青い空
うつろいゆく街

どこにもいない
だれもいない
空になって　みえないことば
つかまえる

私の手はまだすこし赤いので
いつの日かほんとうの蒼穹《そら》になる

# 飛べない鳥と地

春の畑　こぼれた麦を
十数羽の雀が拾っていた
いっしんに頭を上下させて
みちていた息　かぶさる影
小さな音がして
一せいに逃れた　蒼い空の
迷宮へ
一羽だけギクシャク助走して
すぐそこの草叢へ隠れた
それから　それから　長い時がたつ

厳冬の朝　牧場の柵の下
タヌキが死んでいた
　（埋めてやるしかない）
そう思った一瞬
ひとつの死体の脇から
弱々しく小さな頭があがり震えていた
次の日
ともに埋めてやることしかできなかった

あかい朱い夕日が沈む
生の讃歌　涙の哀歌
どうにもならないとぎすまされた光
柔らかなぬくもり
暮れていく
わたしの大地

# ことばへのラブソング

居酒屋でも　学校でも　ことばはあふれて
唇をあふれて　枠にあふれて
わたしのことばは
もうスランプで　ストップで
未来を疑う寂しいピエロ
声のないパントマイム
羊の数を数えるか　残りのページを数えるか
夢のなかにもことばはなくて
なつかしい青春のLpレコードは回り続けるが
今は
静寂をほんのすこし波立たせるだけ

ああ！脳細胞の中でシナプスが欠伸する
もうスラングで　うすのろで

詐欺師になるか　強欲な商人になる
satisfy　かなえられた
妄想する人はよいね　ゆっくりスリーピング
棺のなか花に包まれた死者は悪い
悪くはないがもうすこしスロースロークィッククィック
愛しい人つれて歩いていけ
曲りくねった迷路の中

（結婚はいかが）と怪しげなことば　すこしずつずれていくことばの散文をひとり焼く　人生だってずれていく　遠い道も近い道　すれちがう人はうつむきだれも目を合わせない　急いでいる無言の人々　ことばのないことばあふれて　お別れするとき（サヨウナラ）届こうとて届かずとて　怪しいことばを　わたしは投げる

# 迷い込んだのか隠れているのか　光の中

わたしは毎日　土や油で汚れた手を洗う
汚れた服を洗濯する
泡を含んだ濁った水は排水口に吸い込まれて
消えていく
黒く濁ること　それは生きること
絡まって引っ掛かりあぶくはこわれ
手を洗い服を洗い足を洗い　唇を拭う
ゆがんだ指で古い靴を捨てた
汚れて濁った水はわたしであって
あなたでもあって
暮らしの洗濯漕のなかで　ぐるぐると回る

絡まって伸びきって　いとおしむように
思考する
世界がうすく光る
わたしは愛犬（まり）をつれて山の麓を登る
山腹の寺の本堂に赤と青の鬼があらわれて
怖ろしい形相で走り踊る
松明を人々のなかに投げる
こどもたちは逃げる　わたしも逃げる
わたしたちは鬼から生まれた
深い深いところでいつの間にか
もう鬼はいない
歓喜の人々のうず面をはずした男
叫び声と笑い声　泣き声と呼び合う声　奪い合う声
もう（まり）はいない
眠り　めざめ　眠り
めざめ　手が汚れ

創造と破壊
修復して壊れ
いつのまにか手が汚れる
声があがる
明日になるとベランダに
色とりどりのシャツ
手が汚れ　古い帽子を捨て
汚物はながれ　クラクションが鳴り
白い旗たなびいて
黄色いハンカチもたなびいて
深い闇がおおい晴れて
地の果てどこまでも

# 詩の余白に墜ちる

秋は美しい季節
高く透明な空からみえない苦しみの慈雨がふる
こがね色に色づいた穂先がゆれる
みえないところで鳥が啼いている
美しく高く謳う声
時だってとまる
（永遠であるの　）
牧舎のすみ　野鼠が死んでいる
餌の中の麦とトウモロコシに混ざって牛の臼歯が
落ちている
汚れた牛がいったりきたり

畑ではキャベツの苗が植えられ大根の種が播かれる
雀が死んでいる
子芋が掘られる　稲刈りはじまる
いなご死んで干からびている
蝉の声はとうに聞こえない
おびただしい生の残渣
おびただしい死のにおいをはこびさる風
ながれていく粒子　不変なんてどこにもない
生れてすぐに死ぬ　はたらくと言うつまらぬ宝物
　（そうかな　）
私たちが獲得した不思議ないのちの不本意な死
種をまく　いずれ収穫
平凡な日常のためらいのない刃
生きる為に殺し　殺されることで生きる
想像力が私の薄い被膜をひっかくと
日常がすこしよじれて　一瞬に閃光がはしる

チラチラとこもれ日あびて　小さな体をよこたえている
意識はうすれる
力なく青い空をみている
カラスが気づいた　ぼくをみている
家族もいるが今はひとりだ
桜の花びらが舞いおりたときもあった
もうすぐ鳥の嘴が鋭くぼくを切り裂く
美しい天使の声を聞きながら
みえない空をみている

地に帰って行った仲間
行方しれずの家族のこと
土のにおい
ざわめく生も遠ざかる
蒼い空が下りてくる

それからひとり
だれもみることのない
夢をみる

# 蝙蝠の夜

鮮やかに日が暮れて
大地の微熱
天空は青が藍に染まっていく
藍が紺にくれていく
夜空の不遜なたくらみの下
輝きはじめた星々と
山々と空との影のコントラスト
くぎられた空を　黒い蝶が舞う
あるいは　風に乗る紙
かすかな夜の旋律の上を
優雅にひとり降下

ヒラリ右へ旋回
不規則なリズムで生きる舞踏

わたしは見ている
澄んだ上澄みの中をとぶ黒い蝶
共有する空　音のない空間を切って
疲労する空のもつ
もうひとつのゆれている宙
わたしの中へおちる影
夜に沈んでゆく
ぬくもりたち
修辞されたことばたちの
幻の森をぬけて
わたしは巡礼者
豊かなそれでいて乾いた
大地の上

# スクランブルするロードにて

昼下がりのにぎやかな街
男・女・女学生・女女女・老人・恋人たち・女女
街角で若者が美しい恋の詩を歌っている
（ほんとうは悲しい別れの歌を…）
むこうの角で愛をこめた手作りの指輪を売る女
細い指で髪を上げる
モディリアーニの女の目
路上を影だけが通りすぎる

ひとりの男がイヤホンをして目をふせている
交差点の音楽が聞こえていっせいにわたりはじめる

女・女女・男・学生・女・老女・男・男男
赤や黄色の寄せてくる波のよう　踊る帽子
ざわざわ　ぱたぱた　ざわざわ　赤い風船…
いつの間にかやさしい交響曲
少しの破調
しずかな波紋のように入れかわるお互いの動線

路上に影の幾何学模様がながれていく
爽やかな風のちいさな挨拶も
頭上にはぬけるような蒼い空がひろがっていて
蒼はかぎりない血の傷みを隠すように輝いている
目を細める光の裏側で
埋もれる我々のレクイエム

アッ！　ひとりぶつかった
（それで始まる恋もあるかな）

いや　あるものか！　そんなもの

光のレクイエム
（それは脳髄の中にだけある　まぼろしだよ）
蒼い空が広がっていて目をほそめている
幻のなかで生まれ来る無数のあわのような
いのちの水は寄せている
わたしの血の上澄みも

蒼　空の色
人と影
赤ん坊の笑顔と誰にもみとられずに去るいのち
永劫さえも今と取引する
たしかなことは光がふりそそいでいることだけ
ひとりの女が目をふせて音楽だけを聞いている

男・老人・女・女女・老女老女・男・女・女女女
赤やグレーの寄せてくる波のよう　黒いステッキ
ざわざわ波の交響詩
波　波波　どこかでムンクの叫びの声
まぎれていて遠くでクラクション

みえない雨がふるなかを
キラリキラリ光る人の影がきえる
行方しれずの友のように
空の蒼さにまぎれてしまう
この路上で生まれて
雑踏にのみこまれる
おとこことおんなのやさしい影

記憶が下りてくる
やさしく光がわたしの未来を凍らせる

わたしを盲目にする
光から生まれて光へ帰る
さみしい魂
槌音と破壊のきしむ音
古い祈りのことばと未生のことばも
はげしくクロスする蔓草のように
愛というまぼろしを抱こうとする

光の裏で　あるいは
ふたしかなやわらかい場所で

# 時のすき間の挨拶

無言のしばらくの時に　どれほどのことばが贈られたのか
どれほどの見えない花束が手渡されたか　生はいつも雨音の
中からやってきて　音もなく去っていく

喪主の長くそれでいて簡潔な不思議な挨拶を聞いた　話は父が病を得たことより始まって　よどみなく涙もみせず淡々と低い声が続いた　それは遠い遠い散歩か　先の見えない回廊をひたすら歩くように続いた　親と子の時間のなかをさまよった記憶をたどり　よせてくる波音のように声は聞えた（……父は眠るように息を引き取った）とうとつに男のよどみのない声はとぎれて男の挨拶は終わった

わたしたちは生きていて　それで死んでいて　それでもいつも満員の電車に乗って　息苦しくて動くこともできずに目的の地もそれぞれに　電車にゆられて考えようともしないまま運ばれている　車窓の風景もガラスに映るわたしの姿も揺れている

男はもうひとりのわたしなのだ　ある夜のことを思いだす　ふたりだけの夜のことを　眠りにおちそうな女の耳もとで　聞こえないぐらいの声でつぶやいた　そのときの女の不思議そうな顔　ことばはどこまでおちた？　雨音にまぎれて心音の中をどこまで

わたしたちはすでに死んでいて　でもまだ生きていて　懸命に呼吸をする　ことばを出そうとする　なのになにも満たせぬままにかけた月　破壊と創造についやした長い時のなか　昨日と同じように道を歩く　もう声も届かない夜の空

# Ⅲ

# Birds chirp

住宅地の一角に小さい森がある
一本のモクノキ大きな枝を
ひろげていてその下を
サラリーマンや学生が足早に通りすぎる
騒音も人の声も聞こえない
秋　モクノキは浅黒い実をいっぱいつける
モズ　ヒヨドリ　ノバト
甘酸っぱい小さい実をもとめて
野鳥が集まる
母なる木の下で
歓喜のうた

birds sing birds chirp
騒々しい宴

隔離された　オアシスのようなこの木の下
時も立ちどまる
騒音も人の声も聞こえない
鳥　鳥たちの静かなうた
光と陰　おびただしい枝と葉に
隠れている　黒い羽
見上げていると一瞬にめまいがする
　わたしのなかの飛べない鳥よ
うたを歌え

犬をつれた老人が不思議そうに見上げる
空にまで甘酸っぱいにおいをみたせて
路上には浅黒い木の実をいっぱいおとして

静かな木
木漏れ日のさす歓喜の庭で
わたしは見ている
　birds chirp birds sing

# はねる

男
汗を飛ばせて
笛の音と太鼓も　はねる
大地と生活から
この日はねる
友も子も
妻もおばあもはねる
千年の苦しみの地で
もうとっくの昔にあの世に行った
おじいも　ひいばあさんも
生れて半年でいった子も

この日だけは
はねようとする
もう二度とこない今年の夏
の　息
生き　いきと
　粋に
はねる

瞬く輝き
今は夢じゃない
ひしめき合う苦と楽と
時にさからう　この一瞬
もうとどかぬ遠くへ声をかける
日常へ
かえる
ために

# 落ちる石

わたしたちは獲得したものを失って
あるいは自ら削ぎ落として
少しずつ生まれた姿になっていく
しばらくのあいだに

石は物質なので
引力によって落ちる
でも石はすこしあらがっていて
（目には見えない程度に　）
どこからどこへという問いはない
ひとつの方向へ　はげしく落ちる

何かにぶつかって砕けることはある
石は揺らいでいる
（見えない程度に　）
どうしてうまれたのか闇のなかで
一瞬を考える

# 北の大地

羅臼　ウトロ　標津
いきなり　北の大地の
雪と颪に捻じ曲げられた低いエゾマツの森
颪に揺れるクマザサのなかを流れる川を
鋼鉄の速さで行き過ぎる
行き惑うふるいさざなみ
地の底のかすかな畏れを圧殺して
どこまでも伸びるアスファルトの道
百年も千年も昔　今はもういない
雪解けの身を切るような川の淵を
流されぬように手をつないで渡った人々の

くちづたえで知る子守うた　熊送りのうた
風にまぎれてきえていく
ムックリのもの悲しい音　青空の
ふかい時のすきまに呑みこまれて
わたしの
いのちだってすぐに滅ぶ道を
わたるキタキツネが頭をあげて見ている
すぎてゆく
時と記憶　今はだれもいない
気づかぬままに
カムイワッカ川　ピリカベツ川　ペレケ川
満天の星ふる森の宿に泊まる
木のふれあう音
風の中に遠くに聞こえるせせらぎの音
百年も千年も
死をかさねて　いのちをえて

死をかさねて
その中を流れるせせらぎ
文字持たぬひとの
涙流れて
声もかすれて祈りもきえて
（闇の中　しっかり手をつないで　川を渡り
　こえた）
冷涼な風　雄大な山
どこまでも伸びるこの道を疾走する
やさしい地の声がかすかに聞こえる

# あつくクレイジーなうた

どこか　いやからだのなかから　のぼるリズム
生きてることをしめすうた
死者とめぐりあうためのダンスを
はだしでおどる　はだしでおもう

ことば　言葉　コトバのなみ
異形のうらみ　しずくのような祈りを忘れて
無心におどる
イカシテル　クレイジーな　イカレテルこころの
リズム　りずむ　血のにおい
なみ

生きろ　つよく生きろ
と　よせる波なみ
…なみだ

アフリカのとある国では　死者は棺にいれられて
大地にかえるかえっていく
はるかなる野の舟
銀のロケットや　ピンクの電話ボックスの棺だったりして
かわいた地におちる
なみだのしずく
おおきな夜空に
死者の（おもい）がしみていく
いのちのしずくがみちていく

だから
　ぼくを見てよ

（ここに　いるよね）
すこし感じる
いっしょに踊ろう
暗くなっても関係ないよ
リズム　りずむ　リズムにのって
はだしでおどる
はだしでおどる

# トムとジェリーのいま

広く温かい部屋の中に立派なイスがあり
その上で黒いネコが眠っている
目をあけたり　閉じたり
尻尾だけがピクリと動く
テーブルの下　台所の隅で小さな黒い影
視線を掠める　もはや名はない

高いところでケージの中の極彩色のオウムが
　ぐるて　あげいん　　ぐるーて　あげいん
　　ぐりーて*
と壊れたレコードのようにくりかえす

虚構より飛来したこのオウム
声は誰の耳にも届かない
奥底の鋭い刃のような水滴がおちる

ネコが目をあけた
頭をあげて見まわしている
　動けない　静止画の中
　闇のなか　ゆめは閉じようとする
　忍びよる足音　爪がゆめを引き裂いて

ドアの軋む音　寡黙な男　実は執行人
古い掛け時計（世紀末までの）の秒針を進め合わせる
振子はゆれる
（無時間）、（有時間）、（無時間）、（有時間）…　と
男はすでに時をない世界の住人
聞えない声でささやく

黒い影　台所のさらに陰で
生きるためにじっと
耳をすます　目をこらす

千の手うごめく　もとめてねがう手
外の世界では
遠くで警報音が鳴り続けている
空気も冷たい
地の果てで砲弾の爆音　地の響き
肌の産毛は感じている
全ては消滅への破壊だ

＊　great　again　greed　と巻舌での意

# 散歩

ぼくの散歩は
いつも違う
口笛を吹きながら　街を
行きかう人を見ている
土壁の続く路
スクランブル交差点を渡る時は
下ばかり見て
ぼんやりと遠くのことを考える
ぼくの散歩は行きつ戻りつ
時の壁を擦り抜ける
どうして未来は見えてこない
いつもいた愛犬のシロはもういない

手をつないだ老夫婦とすれちがう
あんなに上手く歳をとるなんて
今はあっという間に見えなくなって
紺色スーツの青年が追い越していく
新しい契約はとれましたか
街路樹の枯葉が落ちた
青い空の　秘密の中へ
心のカメラで一枚写す
持って帰って部屋に飾ろう
次の朝には消失するのに
挨拶しようと思ったが
誰にも会わなかったので
散乱する光と　思考
この一瞬に
ひとり挨拶
こんにちは

# Coffee　どうぞ

ドアをあけて店に入ると
カウンターに男がひとり
あちこちのテーブル席に
コーヒーを置いて女は読書に夢中
隅の席は頭を寄せ合った恋人たちの
ふたりだけのエアポケット
ウエイトレスがわたしの前に
サンドウィッチとコーヒーを置いていく
長い長いはなしの続き
中年の男女は
みえない不遜な約束を

窓からしのびこむ光のなか
テーブルの陰
ありふれた日常の
途切れたことばの次のbreathに
ぼくたちのいたみはあって
イスはすこし傾いている
冷めてしまう
スプーンのおこした波紋がひろがって
コーヒーの匂いも
ひそひそと続く愛の言葉も
チーズケーキの皿
別れのためのいつわりの
お皿のすべる音
旅のはてになにがあろうと
驚くことはない
あかるい笑い声

パスタの香り
すべての声は物語はこのとき
たちどまる
窓際の蔦のつるがのびて
未来をさわろうとする

内田 正美（うちだ　まさみ）

1956年　兵庫県生まれ
1978年3月　香川大学農学部卒
2011年12月　詩集『光ふる街』（澪標）
2015年11月　かなざわ現代詩賞　最優秀賞
「ア・テンポ」「時刻表」「風の音」同人
日本現代詩協会会員　兵庫県現代詩協会会員

現住所
〒675-1212　兵庫県加古川市上荘町井ノ口101-2

野の棺

二〇二〇年三月十日発行

著　者　内田正美
発行者　松村信人
発行所　澪　標《みおつくし》
大阪市中央区内平野町二-三-十一-二〇二
TEL　〇六-六九四四-〇八六九
FAX　〇六-六九四四-〇六〇〇
振替　〇〇九七〇-三-七二五〇六
印刷製本　亜細亜印刷株式会社
DTP　山響堂 pro.